AF346333

23 janvier 1895

VENTE

DE

TABLEAUX

AQUARELLES, DESSINS

Le Mercredi 23 Janvier 1895

A 2 HEURES

HOTEL DROUOT, SALLE 9

ÉTUDE DE Mᶜ GUSTAVE COULON

COMMISSAIRE-PRISEUR

56, faubourg Montmartre, 56

VENTE

DE

TABLEAUX

AQUARELLES, DESSINS

Le Mercredi 23 Janvier 1895

A 2 HEURES

HOTEL DROUOT, SALLE 9

COMMISSAIRE-PRISEUR :	EXPERT :
Mᶜ G. COULON	M. VANNES
56, faubourg Montmartre.	54, faubourg Montmartre.

EXPOSITION PUBLIQUE

Le Mardi 22 Janvier 1895, de 2 à 5 heures 1 2.

CONDITIONS DE LA VENTE

La vente sera faite *expressément* au comptant.

Les acquéreurs payeront, en sus des adjudications, *cinq pour cent*, applicables aux frais de la vente.

L'exposition mettant le public à même de se rendre compte de l'état des objets, aucune réclamation ne sera admise une fois l'adjudication prononcée.

Paris. — Imprimerie de l'*Illustration*, 13, rue Saint-Georges.

LES DESSINS DE « L'ILLUSTRATION »

Il n'est guère de bibliophile, digne de ce nom, qui n'ait maintenant, dans le coin préféré de sa bibliothèque, quelques exemplaires sur beau papier, entre les feuillets desquels il a fait insérer un ou plusieurs dessins originaux, aquarelles, sépia, encre de chine, croquis à la plume, voire à la mine de plomb. Chez ceux pour qui le livre est une chose qui se montre — mais ne se prête — c'est une question d'amour-propre satisfaite par la possession d'un exemplaire unique, rare. Chez ceux pour qui le livre, si beau soit-il, est un compagnon avec lequel on s'entretient, une pensée éternellement vivante sur laquelle on aime à revenir, à se recueillir, le dessin ajouté a une saveur extraordinaire d'intimité : il semble qu'il spécialise l'exemplaire qu'il orne, et qu'il lui donne pour ainsi dire un baptême familial.

D'autre part, certains décors des intérieurs modernes s'accommodent mal de la peinture à l'huile, et réclament quelque chose de plus léger, de plus jeté au hasard contre la tenture des panneaux ; ce quelque chose, c'est le dessin, précis en sa synthèse de lignes, ou l'aquarelle adorablement vague sous la caresse du pinceau à peine teinté. Aussi depuis quelques années les collectionneurs et les bibliophiles se sont-ils tournés, avec une insistance marquée, du côté des dessins et aquarelles dont la reproduction avait illustré les journaux et les livres. Il y avait pour eux deux raisons d'agir ainsi : la première était le plaisir d'évoquer, à l'aide d'une œuvre d'art, un souvenir passé d'actualité ou de sentiment ; la seconde de reconnaître justement l'incontestable valeur d'art qu'on se plaît à dépenser aujourd'hui pour le commentaire graphique des textes.

Ce progrès, car c'en est un, a été puissamment encouragé par l'*Illustration*, qui n'a reculé devant aucun sacrifice pour faire de sa publication un des premiers journaux d'art du monde. Aussi beaucoup d'amateurs et d'amis des livres lui avaient-ils, à maintes reprises, demandé la cession des originaux reproduits dans ses pages. Toujours la direction s'était refusée à se dessaisir de ces œuvres dont ses archives étaient enrichies, jusqu'à l'encombrement, il est vrai. Il y a quelques mois, les sollicitations devinrent si pressantes, et elles présentaient un caractère si flatteur, qu'un refus eût été désobligeant. On a donc décidé de faire une vente, dont voici le catalogue. Les numéros eussent pu être plus nombreux, mais, il faut l'avouer, ceux qui avaient la garde de ce véritable trésor, se fussent trop gravement affligés de le voir disparaître tout entier, et, si l'on a fait un choix pour satisfaire à la demande des uns, on a conservé de quoi consoler les archivistes devenus subitement moroses.

Je n'ai pas à faire l'éloge des dessins et aquarelles qui vont passer aux enchères. On sait depuis longtemps, et cela aussi bien en France qu'à l'étranger, que si l'*Illustration* affirme sa vitalité en ne laissant dans l'oubli aucune des mille voix où l'appelle l'actualité, elle a également le souci que cette actualité trouve toujours chez elle une expression d'art vrai. Les collaborateurs sont tous des talents applaudis aux Salons annuels, et l'exposition d'un jour qui aura lieu à l'hôtel Drouot, la veille de la vente, sera une très curieuse et très réelle exposition d'art.

Dirai-je davantage ce que sont ces dessins au point de vue de ce que leur objet éveille? On s'en doute aisément : c'est l'actualité cristallisée en des pages d'un art délicat, où l'esprit et le cœur trouvent leur compte, choses aimables et choses graves, fantaisies où s'ébat le rêve et notes de fanfare où chante le patriotisme, morceaux de choix que le regard aime à caresser et dont le goût le plus affiné ne peut se lasser. Le catalogue d'ailleurs porte les noms appréciés de MM. Adrien Marie, Emile Bayard, Benjamin-Constant, Léon Couturier, Corcos, Victor Gilbert, de Haenen, Maurice Leloir, Lobrichon, Marchetti, Monginot, Maurice Orange, Outin, Sandoz, Slom, Zier, Karl Bodmer, Binet, Bombled.

Enfin, et ceci est spécialement dédié aux bibliophiles, l'*Illustration* a détaché de sa merveilleuse bibliothèque de romans l'un de ceux qui ont eu le succès le plus retentissant, et les cinquante-six dessins dans lesquels Emile Bayard a si spirituellement commenté l'*Immortel*, d'Alphonse Daudet, seront livrés au public, et, cela est certain, chaudement disputés aux enchères. Il est, en effet, impossible de lire le texte si amusant, et, disons-le, parfois si mordant du grand écrivain, sans voir immédiatement passer dans sa mémoire les types qu'a créés Bayard, types définitifs d'une aimable psychologie, et d'une extraordinaire compréhension de l'écriture illustrée.

Mais je m'arrête : dans les pages qui suivent, que de noms mériteraient un souvenir, que de sujets permettent de suggestives évocations ! les noms et les sujets me donnent la tentation, sans que j'aie le droit d'y succomber ; aussi bien toutes ces œuvres parlent-elles d'elles-mêmes avec une éloquence que les acheteurs sauront écouter et comprendre.

Certes, l'*Illustration*, en se séparant d'une partie de sa collection, sent un regret lui étreindre le cœur ; mais la décision prise fera tant d'heureux que son regret en est amoindri ; et puis le succès, qui fait rechercher ses originaux, n'est-il pas pour l'encourager dans l'effort qu'elle ne cesse d'accomplir, et qui nous est un gage d'avenir plein de promesses et de surprises ?

L. Roger Milès.

11 — LOBRICHON. *Les Etrennes de Julot.*

12 — MARCHETTI. *La Canotière.*

13 — MAURICE ORANGE. *L'Embarras du choix.*

14 — MONGINOT. *Singe pêchant dans un aquarium.*

15 — OUTIN. *Jardinière arrosant ses fleurs.*

16 — OUTIN. *Jeune Femme en costume Louis XVI chargée de fleurs.*

17 — OUTIN. *La Cueillette des pêches.*

18 — OUTIN. *Jeune Femme portant une hotte de fleurs.*

19 — SPINETTI (M.). *Scène de Noël dans une église à Rome.*

20 — WEISZ. *Le Bouquet.*

AQUARELLES

21 — ADRIEN MARIE. *Guerrier de Baya Baya.*

22 — ADRIEN MARIE. *Palabre au Soudan.*

23 — ADRIEN MARIE. *Chef Sofa.*

24 — BOMBLED. *Les Maharistes.*

25 — FOURNERY. *Jeune Femme assise au bord de la mer.*

GUYON (MAXIMILIENNE) :

26 — *Loge de la Guimard à l'Opéra.*

27 — *Le Théâtre chez la Guimard.*

28 — *Un Duel de Mlle Maupin.*

29 — *Vestris et la Camargo.*

30 — *Le peintre David chez la Guimard.*

31 — *Un Bal aux Tuileries sous Louis-Philippe.*

32 — HAENEN (DE). *Grotte des bergers à Bethléem.*

33 — HAENEN (DE). *Le Passage difficile.*

34 — MARCHETTI. *Chez le confiseur.*

35 — MARCHETTI. *La Danse petite-russienne.*

36 — MAURICE ORANGE. *Officiers étrangers aux grandes manœuvres.*

37 — MAURICE ORANGE. *Le Porte-fanion.*

38 — MAURICE ORANGE. *Cavaliers au repos.*

39 — MÉRY. *Poulets et Papillon.*

40 — MÉRY. *Chats et Oiseau.*

41 — RIOU. *Scène de danse au Soudan.*

DESSINS

ORANGE (MAURICE) :

Scènes des grandes manœuvres :

51 — *La Garde des faisceaux.*

52 — *Officiers roulant une cigarette.*

53 — *Figaro improvisé.*

54 — *Pièces en batterie.*

55 — *Attendant les ordres.*

56 — *Mise en batterie.*

57 — *Sur le pouce.*

58 — SLOM. *La Tour Eiffel.*

59 — DEROY (A.). *Façade des Arts Libéraux (1889).*

60 — E. BAYARD. *Danseuses javanaises.*

61 — BINET. *Sortie des âniers (Exposition 1889.)*

62 — ORANGE (MAURICE). *Sommeil réparateur.*

63 — CRESPIN (M.). *Fontaine de la place de la Concorde pendant la gelée.*

64 — CATON WOODVILLE. *Le Bain du matin, aux réservoirs de Mysore.*

65 — BOODMER (KARL). *Chasse aux banderolles.*

66 — ORANGE (MAURICE). *Les Sybarites et cuisine en plein air.*

67 — ORANGE (MAURICE). *La Table du chef de mu-
sique.*

68 — BRUN (A.). *Le Bateau-Baleine.*

69 — COMBA (P.). *Manœuvres dans les Alpes.*

70 — BERTEAULT (L.). *Après le cyclone, à la Mar-
tinique.*

71 — ADRIEN MARIE. *Un groupe de porteurs.*

72 — MALTESTE. *Le Chiffreton.*

73 — ADRIEN MARIE. *Avant-garde de Sofas.*

74 — ORANGE (MAURICE). *A l'État-Major.*

75 — FOURNERY. *La Parisienne.*

76 — CRAFTY. *La Corbeille à la Bourse.*

77 — FOURNERY. *Jeune Femme lorgnant un tableau.*

78 — BIGOT (G.). *Crevasses dans le village de Godo.*

79 — ORANGE (MAURICE). *Cantine improvisée.*

80 — BERTEAULT (L.). *L'Église de Triel.*

81 — ZIER. *Marché aux esclaves.*

82 — BERTEAULT (L.). *Porte et pont de Lizelle à
Saint-Omer.*

83 — ORANGE (MAURICE). *Revue des harnache-
ments.*

84 — BOMBLED (L.). *Allemands s'exerçant au patin dans la neige.*

85 — BRUN (A.). *Le Repas à bord.*

86 — HAENEN (DE). *Procession de la nuit de Noël à Jérusalem.*

87 — ORANGE (MAURICE). *Distribution des vivres.*

88 — ORANGE (MAURICE). *Le Cuisinier.*

89 — ORANGE (MAURICE). *Le Réfectoire.*

90 — CHAPERON (E.). *Le Char de la Concorde et de la Paix.*

91 — HAENEN (DE). *Route de Bethléem.*

92 — ZIER. *La Sénéchale accusant Rabelais devant François Ier.*

93 — SANDOZ. 6 Dessins. *Les Parisiennes.*

94 — GUTH. *L'Espiègle.*

94 — TOFANI. *Le Jubilé de M. Pasteur.*

96 — **BAYARD** (Emile). **58 Dessins ayant servi à l'illustration de**

L'IMMORTEL, D'ALPHONSE DAUDET

Ce lot sera divisé.

97 — Sous ce numéro les objets omis au présent catalogue.